눈가에 가지 끝 수관 하나 심으면

문청동인지 1

눈가에 가지 끝 수관 하나 심으면

초판발행일 | 2018년 11월 17일

지은이 | 민창홍 외
펴낸곳 | 도서출판 황금알
펴낸이 | 金永馥
주간 | 김영탁
편집실장 | 조경숙
표지디자인 | 칼라박스
주소 | 03088 서울시 종로구 이화장2길 29-3, 104호(동숭동)
전화 | 02)2275-9171
팩스 | 02)2275-9172
이메일 | tibet21@hanmail.net
홈페이지 | http://goldegg21.com
출판등록 | 2003년 03월 26일(제300-2003-230호)

값은 뒤표지에 있습니다.

ISBN 979-11-89205-19-5-03810

문청동인지 1

눈가에 가지 끝 수관 하나 심으면

황금알

극한의 폭염과 사투를 벌이며 넘어선 문턱
사유마저 멘붕으로 치달은 여름
계절 본연의 색깔이 모호해지는 지금,
문학은 그 색깔을 찾으려 몸부림치고 있는가.

열림의 사고는 한계를 넘어서지 못하고
본질의 혼란은 꾸역꾸역 가고 있다.
인간의 삶도 멈추지 않는 시간처럼 달리고
아무리 두리번거려도 달리는 색깔은 청춘,
푸르고 소망이 솟구치는 청춘이다.

우리는 문학청춘 100년을 추구한다.
본래의 문학이 다시 힘차게 일어나는 시대에
아낌없이 사랑하고 쉼 없는 열정을
역동적으로 색칠하고 싶다.

문학청춘작가회장 민창홍

차 례

시

김요아킴

김선아

민창홍

엄영란

유담

수 필

시

김요아킴

1969년 경남 마산에서 태어나
경북대 사대 국어교육과를 졸업했다.
2010년 계간 『문학청춘』 제1회 신인상으로
본격적인 문학활동을 시작하였다.
시집으로 『가야산 호랑이』 『어느 시낭송』
『왼손잡이 투수』 『행복한 목욕탕』
『그녀의 시모노세끼항』과
산문집 『야구, 21개의 생을 말하다』가 있다.
2014년 『행복한 목욕탕』과 2017년 『그녀의 시모노세끼항』으로
세종도서 문학나눔에 선정되었다.
한국작가회의와 부산작가회의 회원이며,
현재 부산 경원고등학교 국어교사로 재직 중이다.

사드, 그리고 Donna Donna

1.
오늘도 무탈하게 집으로 돌아오는 길목에
두 개의 전파가 수신되었다
툭툭, 분절되는 터널 속 뉴스에 이어
이국의 가요 한 곡이 귓속으로 착상되었다

2.
별고을에 별이 사라졌다
마을 사람들은 매일같이 어둠을 파내고
손톱만한 빛이라도 발굴하려 했다
아이들도 주술처럼 하얀 도화지에
알타미라 동굴 속 벽화를 그려내었다
여전히 하늘엔 헬기가 전쟁을 실어 나르고
태평양을 건너온 불법들이 처녀지를 점령했다

3.
일흔을 넘긴 그녀의 노래엔 힘이 도사리고 있다
약자엔 한없이 따뜻하고
절대 권력엔 늘 전복을 꿈꾸는 차가움이

선율을 타고 매혹적으로 울렸다
꾸밈없는 그녀의 목소리는 대륙의 양심을
거리와 광장으로 내몰았고
더 큰 노래로 모여 역사를 저울질했다

4.
'나는 음악만으로 충분하지 않아요.
음악에서 그렇듯 전쟁터에서도 생명의 편을 들지 않는다
면,
그 모든 소리가 아름답다 해도 소용없죠.'
소성리의 그녀들은 여전히 치켜세운 주먹을 놓지 않았다
저 낮은 곳의 한 떨기 꽃마저 시들지 말아야 하는 것이
별을 찾아야 할 별고을의 이유였다

5.
'행동은 절망을 없애는 해독제다'

* 인용된 부분은 반전과 평화 그리고 인권을 노래한 미국의 포크가수 존바에즈
  Joan Baez의 말에서 따옴.

뼈무덤
— 그날, 여양리에서

비는 끊임없이 개토를 요구했다

반백 년 넘게 봉인된 진실은
금기와 다름 아닌 동의어로
마을 뒷산 골짜기에 팽개쳐져 있었다

큰비는 그날의 날조된 지문을 지우려 했다

한때 식민치하의 폐광 속, 비릿한 생들은
또다시 유전되어 붉은 울음으로
매캐한 화약내를 응시하고 있었다

학살이 시작된 그날도 비가 내렸다

눈먼 이데올로기에 줄줄이 묶이어
이름마저 호명되지 못하는 자리, 지켜 줄
그 어떤·배심원도 존재하지 않았다

총소리는 하늘에 큰 구멍을 내었다

억수같이 쏟아지는 빗물에 섞여
허연 광목천은 속절없이 무너지고
핏빛기억들은 이승을 떠나지 못했다

도둑마냥 세월이 숨어 지냈다

웅크리고 보듬은 뼈 마디마디엔
그날을 증언하지 못한 녹슨 혀와
깨진 안경 하나가 둥글게 발견되었다

그날의 꽃무릇들이 하염없이 비에 젖고 있었다

금곡동 아파트.12
— 애기소 앞에서

불이 났다
부부는 아이를 간절히 원했고
하늘은 그 삼 년의 기약을 어기지 않았다
대천천을 끼고 누운 밤이
황급히 신호를 보냈고
이를 눈치채지 못한 멸화군들은
좁은 골목길에서 어쩔 수 없이 서성였다
다급해진 나무들은 제 잎으로
요란한 사이렌을 울려댔고
연기는 선녀仙女가 보란 듯
봉수대보다 더 짙게 메아리쳤다
젊은 여인은 울 틈조차 없이
일 나간 남편의 손길을 채 잡기도 전
자궁 속 태아의 모습으로 재가 되었다
아이를 안은 채, 전설과는 다른 결말로
맵디 맵은 부고訃告가 이웃들에게, 그날
라디오로 매번 수신되었다
애기소엔 선녀 대신 엄마가
아이와 불에 데인 그 몸을 식히려

18

홀로 남겨진 지아비를 만나러
수차례 구전되고 있었다

＊ 애기소는 부산 금정산 아래 대천천 계곡의 소沼로 젊은 부부가 어렵사리 천지
  신명께 백일기도를 드려 얻은 아기가 약속대로 결국 삼 년 만에 빠져 죽었다는
  이야기에서 유래되어 불려진 곳이다.

김선아

충남 논산에서 태어났다.
2011년 『문학청춘』 시부문 신인상으로 등단했다.
시집 『얼룩이라는 무늬』가 있다.

처방

　기다림의 실체는 초당 몇 번씩 천당과 지옥을 왕복하는
비밀.

　어릴 적 잃어버린 줄 아셨나요.

　오색풍선들이 유방 속에 여럿 박혀 있어요.

　꺼내어 먼 하늘로 돌려보냅시다.

　의사의 처방이었다.

　화사한 무지개를 당차게 분절할 줄 아는 비바람의 감성

　맑은 이슬 몇 점 재빨리 유실할 줄 아는 햇살의

　감성이여.

　내 몸 속 어디에도 없는 그 감성의 궁핍이여.

오색풍선들이 허욕 속에서 심하게 아팠구나.

아픈 풍선을 영영 놓치러 가야 할 몇 초간의 기다림은

오히려 황홀하리.

그림자 스타일

내 연애는 미친 듯이 그대를 뒤적이는 그림자 스타일이
야.

부안 소산리민무늬토기의 볍씨 무늬처럼
죽은 사랑에게 밥 한술 떠 넣어주고 싶은 절망 꾹꾹 박아
놓은
문신형의 그림자

말고

땡볕 허허벌판에서 널찍하게
그늘막 펼쳐주며 기뻐하는 양떼구름 같은
위안형의 그림자

말고

다리 없는 발, 몸통 없는 날개, 용서 없는 죄처럼
숨통의 입구도

없는

오로지 애인의 심장에 함정에 머리칼에 암호에
뜀박질에 착 달라붙어서
썩을 속을 뒤적이고
눈물 글썽이거나 기함하거나 요동칠 일을

뒤적이는 그림자 스타일이야.

털목도리꽃

꽃 먼저 만개하는 꽃나무보다 가시 먼저 곧추세우는 꽃나
무보다
얼음장 뚫고 피어나는 꽃보다
당신의 목덜미를 감싸면서 피어나는 꽃이 참 좋다.

털목도리꽃.

외로 누운 마음이 허름한 어촌 구석방 같거든
누군가의 목에 꽃가지 꽂아줄 핑계거리를 찾아 나서시라.
입김과 입김이 맞닿으면
한 5도쯤 따뜻해진다 하였으니
실오리 풀려 휑한 목덜미마다 털목도리꽃을 찬찬하게
찔러주시라.

당신이 허술한 듯 매듭지은 털목도리는
깨알만한 사랑을
주먹만 하게 달덩이만 하게 아니, 그리움만 하게 가꿔놓은
이미 완성된

꽃밭이다.

민창홍

1960년 충남 공주에서 태어났다.
1998년 계간 『시의나라』와 2012년 『문학청춘』 신인상으로 등단했다.
시집 『금강을 꿈꾸며』 『닭과 코스모스』 『캥거루 백을 멘 남자』와
서사시집 『마산성요셉성당』이 있다.
경남문학 우수작품집상, 제4회 경남 올해의 젊은 작가상을 수상했다.
2015 『닭과 코스모스』가 세종도서 나눔 우수도서로 선정되었다.
계간 『경남문학』 편집장 및 주간, 마산교구가톨릭문인회,
민들레문학회 회장, 마산문협 부회장을 역임했다.
한국문협 회원, 경남문협 부회장, 마산문협 이사, 경남시인협회 감사,
하로동선 동인, 문학청춘작가회 회장을 맡고 있으며,
성지여중 교감으로 근무하고 있다.

아이스 아메리카노

청춘의 소리다

음악보다 달콤한

분쇄되는 열대야의 소리

시원하게 날리고 흐르는 동안

솜사탕같이 감미로운 거품

침묵의 올 풀어내는 얼음 조각들

유리창에 비치는 빈티지 가방 같은

커피숍

알바생의 바쁜 손

이마를 맞댄 두 개의 빨대

처음인 듯 어설픈 사랑

계란 노른자 동동 뜨는 다방커피는 추억

저 혼자 땀 흘리는 유리잔

청춘의 소리를 듣고 있다

고드름

약수처럼 떨어지는 물
얼어버린 땅을 뚫기 위한 끊임없는 두드림
다시 어둠에 사로잡히지 않기 위한 몸부림

어둠을 노크하며 긴 터널을 빠져 나왔을 것이다
환하게 웃는 법을 모르는 것도 아니다
언젠가 가슴을 관통하는 시원함으로
얼음에 구멍을 내고 천길 땅속으로 스며들어
어디쯤일지 모를 물줄기를 만나고 싶은 것이다

녹아내리는 물이 스며들지 못하고
또다시 얼어버려서
반기를 들듯 우뚝 서 버리는 얼음들
의로움의 기둥을 거울처럼 쳐다보는 슬픔이다

타협을 모르고 몰입하며 살아온 시간
한동안 머리를 쥐어뜯던 두통
벽과 벽 사이에 영그는 이슬이 벽을 긁으며
손톱에 묻어나는 핏방울의 그리움

따사로운 햇살에 녹는다

추녀 끝에서 떨어지는 물
마른 눈물샘을 후벼 파는 빛
흙냄새 풍기며 쏟아지는 비

녹아든다는 것은 저 물이 땅으로 스며드는 것
저 물이 스며드는 것은 누구라도 손잡고 나갈 수 있는 것
어둠을 빠져 나와 뒤돌아보는 아련함처럼
볼록렌즈를 통과한 햇살처럼 지독하게
사랑이 녹고 있다

밥 퍼주는 여자

모르는 척 슬그머니
밥해주는 여자
하루에 한 번만이라도
밥을 같이 먹어보자는 제안
한 끼만 먹어도 죽지 않는 여자
한 끼만 굶어도 죽을 것 같은 남자
미안해서 얼굴을 못 드는
그의 숟가락
밥 퍼주는 여자를 훔쳐보는 아침
바쁜데 하며 멋쩍어하는
그의 젓가락
반찬은 중요하지 않다
한 끼 안 먹어도 죽지 않는 여자
한 끼 안 먹어도 죽을 것 같은 남자
하루에 단 한 번이라도
마주 앉아 밥을 먹어보자는 약속
모르는 척 슬그머니
밥 먹는 남자

엄영란

경북 문경에서 태어났다.
2012년 『문학청춘』 시부문 신인상으로 등단했다.

남거나 혹은 사라지거나

버스가 천천히 움직였다
그 속의 젊은 여자가 조용히 흔들렸다
여자는 차창 밖
흔들리는 것들을 보내고 있다

팔랑거리는 나뭇잎들이 지나가고
논바닥이 시루떡처럼 퍼지며 가고
젊은 남편의 영생이 한적하게 간다

구부러지는 언덕 옆으로
 ⇒ ⇒ ⇒ ⇒들이 지나간다
마지막 ⇒가 "영생 관리 사무소"를 가리키고
버스가 그곳으로 빨려 들어간다

보이지 않는 영생들이 한데 어울려
영생을 자축하는 듯
여기저기서 폭죽 같은 불꽃들이 터진다
여자의 하루가 영생이 되는 지금이다
황태 우러난 뿌연 국물을

영생할 양식처럼 꾸역꾸역 떠 넣고
여자의 입안에서 깍두기가 빨갛게 으스러진다

굴뚝을 빠져나온
연기가 자유로워진다
화단 가의 백일홍이
온몸으로
노랗다

하회 河回

막 남편을 잃은 조카와 아이를 데리고
하회를 간다
사람들은 길을 따라 왁자하게 흐르고
조카와 아이도 따라 흐른다
깊고 구불구불한 하회
흙먼지 뿌연 하회

비밀처럼 어두운 골목길을 간다
거뭇거뭇한 이엉이 초가지붕을 덮고
조금 열린 대문으로 보이는
정지문이 삐딱했다
벼락 맞은 느티나무가 검은 속이 텅 비었다
민들레 홀씨가
팔랑거리며 날아갔다

강물이 강물을 끌고
느리게 흐르는 하회
처음도 끝도 없는 하회
홀씨처럼 팔랑거리는 아이를 잡은

여자가 아득한
하회河回!

숲

숲은 콩나물 시루였습니다
나는 그것들을 헤치며 안으로 들어갔습니다
우거진 숲은 빽빽한 어둠이었습니다
황금빛 달빛이
대가리들을 비추었습니다
대가리들은 찬란했습니다
키가 크거나 작거나
대가리는 모두 허공에 있었습니다
바위들이 길을 막고 있었습니다
어디선가 쾌쾌한 냄새가 났습니다
미처 자라지 못한 것들이
젖은 채
썩고 있었습니다
아버지가 썩고 어머니가 썩고 어머니의 어머니가 썩고
내가 썩고 있었습니다
나는 그것이
숲의 오래된 냄새라는 것을 몰랐습니다

바람이 불자
대가리들이 우수수 떨어졌습니다.

유 담

2013년 『문학청춘』 시부문 신인상으로 등단했다.
문학청춘작가회 초대 회장,
한국의사시인회 초대회장을 역임했다.
서울의대 및 동대학원(의학박사)을 졸업했으며,
한림의대 내과학 및 인문학 교수로 근무했다.
현재 쉼표문학 고문, 함춘문예회 회장,
의료예술 연구회 회장을 맡고 있으며,
CM병원 내분비내과 과장으로 근무하고 있다.
시집으로 『가라앉지 못한 말들』 『두근거리는 지금』 등이 있다.

눈물의 체온

눈물 흘린다는 건 한 사람의 체온이 빠져나가는 것
숨소리도 맥박도 그만큼 식고
입술마저 찬바람을 불어
얼어버린 목청으로 움켜 부르는
울음마다 서리가 내리고
눈시울에 맺힌 불씨 한 방울
끝내 살리지 못한 죄스러움에
차갑게 내려앉는 어깨를 달랜다

다시는 체온을 사랑하지 않아
설령 꺼져버린 불씨에 애탈지라도
울수록 추워지는 세상을 이미 보았으니

머뭇거림은 점점 더 식어갈 뿐
내려간 모든 것들을
가슴속 울음으로 품어
눈가에 가지 끝 수관 하나 심으면
가슴 깨고 나온 눈물
불씨 한 방울 흘러가도록

눈물은 뭉친다

눈물은 뭉친다
밤새운 온갖 까닭이
종기로 울컥울컥 돋고
우레 울음 한 점에 모여
어느 꽃술에 멍울 잡히듯

무심히 길 지나던 눈송이
눈길 한 번에 눈사람으로 뭉쳐
문득 그 자리에 멈추어 선 채
모든 덩어리의 스러짐을 위해
세상으로 던지는 따스한 눈물송이에
미간에 뭉친 주름부터
발갛게 취하듯

먼저 취한 눈물이 먼저 뭉치고
더러 뭉치지 못한 눈물은
미간 속 깊이 잔설로 남고

안경다리

안경을 끼면
비로소 눈을 떠
다리가 둘이어야 하는 까닭이 또렷하다

버티고 선 가랑이 어름에서
미간의 주름들이 일제히 집중하여
제 이름 붙은 별 찾아 궁창을 자맥질하던 눈망울과
굴절의 초점에서 마주칠 때
버름한 관절 틈새로 보인다
장딴지의 고단한 융기
그 기슭을 흐르는 헐거운 박동

서늘한 무릎에 아득한
눈초리들이 얹혀
초점에 서로 기대어 간다
두 다리를 지팡이 삼아
구부정한 눈이 걸어간다

정은영

1976년 경북 의성에서 태어나 상주에서 성장했다.
덕성여대 수학과를 졸업했다.
2013년 『문학청춘』 시부문 신인상으로 등단했다.

느린 여름

바람이 선선하다
오늘의 당신처럼

가볍게 나의 잔소리 폭격을 통과한 후
싱싱한 저녁의 꼭지를 틀어잡고
착, 수박을 갈랐지

식칼을 들고 커다랗게 잘라 건네면
뚝뚝 붉은 물을 흘리며 잘도 먹는 나는
수박, 기분 좋게 붉고 물이 많지
수혈된 내 생이 겨울처럼 차가워져
매일 저녁은 느리게만 흘러간다

한입 가득 베어 문 채 같은 감탄사를 뱉어내는 우리
왜 당신은 내가 하고 싶은 질문만을 골라 먼저 말할까
왜 나의 불만은 언제나 너의 불만으로 수렴될까

너를 나보다 잘 안다고 생각하면서
진작에 떨어진 노란 떡잎 같은 사랑해

한 마디를 건네는

당신이 큰 눈송이로 펑펑 쏟아질 때가 있다
나는 소리 없는 싸락눈으로 그러나 쌓인다
무겁게 내려앉는 하얀 지붕 위로
깨진 수박들이 쏟아진다

귀가

한 계절 만에 집에 오니 마을 어귀 나무들이 사라져 먼 바다가 보였다

가출 전날 고장 신고한 가로등은 덮개도 없이 오후 네 시면 불이 켜졌다

사막의 건조한 인사를 배웠고 두 손가락만으로 위태로운 눈꼬리를 접어둘 수 있었다 그들의 수다 속에서 나를 오려내야 했다

계절이 바뀌도록 씹어온 마음은 좀처럼 삼켜지지 않았다 비닐 창은 날카로운 실금을 빛내며 삭아갔다 흰나비 한 마리가 흰 벽에 밤새 앉아 있었다

오래된 돌 하나를 쓰다듬었다 환하게 비어 있던 돌은 내 귀가를 축복해 주었다 돌 안의 둥근 고요가 일렁이고 있었다 다른 모든 것들과 전혀 다른 소리를 내고 있었다

김미옥

경북 의성에서 태어났다.
2014년 『문학청춘』으로 등단했다.
시집 『어느 슈퍼우먼의 즐거운 감옥』이 있다.

도대체가 겨울

나의 스승은 쓰레기장 같은 방 청소를 하고
친구들은 이름 모를 요리를 만들고 있다

겨울인데 사과나무에 호박이 달리고
복숭아나무가 밤송이를 달고 있다
하이에나에게 사자가 잡아먹히고
사람들은 물구나무를 서서 노래를 부르고 있다

뱀과 결혼한 딸들은 뱀에게 물려 피를 철철 흘리고
대학생 아들은 어린아이로 돌아가 물속에서 허우적거린다
얼른 집에 가야 하는데

손닿을 듯 보이던 호박은 사과나무 꼭대기로 자꾸만 기어
오르고
호박을 따려던 손은 허공만 휘젓다가
호박은 못 따고 넝쿨에 발목만 잡혔다

친구들은 이름 모를 요리를 계속 만들고
나의 스승은 아직 방 청소를 끝내지 못했다

여자들의 일박

까만 기분이 목을 졸랐어
삐쭉삐쭉 나온 기분들을 괄호로 묶어두었어
한방에 기분을 살리고 싶었지
여자들의 일박은 구름처럼 부풀어 올랐다가
자꾸만 뭉개졌어
생각을 들었다 놓았다 수십 번 만에
일박 여행을 떠났어

와글거리는 말들의 파도에 모래가 씻겨 내렸어
샤르르륵 차르르륵 기분이
젖었어

누가 내다 놓았나 이 플라스틱 의자 같은 기분
둥둥 다리를 걷고
머리에 척 선글라스를 얹고
장난으로 찍은 사진은 너무나 아름다웠어

20원의 감정

썩지 않아 좋은 것도 많겠지만요
썩어 줘야 좋은 것도 있지요
질기고 질긴 까만 비닐봉투가 썩지 않고
바다로 흘러가서 고래를 죽이고
흙의 숨통을 조인데요
나는 입술에 침 발라가며 손님 앞에서 설명을 하지요

침 튀겨 가면 설명해도 용납이 안 되는 건 안되나봐요
가령, 봉투는 재활용으로 드릴까요 까만 비닐봉투로 드릴
까요 물었다 치면
그까짓 20원을 받아서 뭐하냐고
입술에 침도 안 바르고 나오는 모르쇠
화를 집어 던지고 가버린다면

나는 손이 헝클어져 까만 감정을 계산할 때가 있는데요
감정으로 계산하다 보면
비싸게 보이는 거지도 있고
싸게 보이는 왕들도 있죠

감정으로 계산하지 말고
천천히 사람을 보면서 말하다 보면
　　20원의 감정이
　　200
　　2000
　　20000
　　200000… 원의 감정으로 부풀어 오르는
오류가 생기지 않는다고
머리와 가슴이 싸우는데
한때의 꼬마 왕들이 계단을 내려오는 소리가 왁자하다

류인채

1961년 충남 청양에서 태어났다.
2014년 『문학청춘』 시 부문으로 등단했으며,
2017년 국민일보 신앙시 신춘문예 대상을 수상했다.
인천대학교 대학원 국어국문학 전공 문학박사이며,
경인교육대학교 외래교수로 있다.
시집 『소리의 거처』(인천문학상 수상),
『거북이의 처세술』이 있다.

우포늪

소목마을이 물안개에 묻힌다
피어오르는 안개 속에
물질을 나가던 목선 한 척이 묶여 있다
고요한 늪에 소문이 번지듯이
안개는 늪의 새들을 자꾸만 공중으로 띄운다

고니들은 늪을 열어젖히며 무리를 지어 왜 한 곳으로 날
아가는가
날개는 온통 안개에 베인 상처뿐이다

허공을 가로지르며 높이 소실점으로 사라지는 새들,

국민학교를 졸업하고 나는 아이보개가 되었었다
나는 저 늪의 물안개처럼 늘 흐려 있었다
그때마다 을규乙圭와 나는 저수지를 걸었다
그는 목이 길었고 발은 젖어 있었다

늪을 걸어본 사람만이 젖은 발이 무엇인지 안다

이리저리 바람에 휩쓸리며
목을 길게 빼고 갈대들은 허리가 꺾여 있다
흩어지는 물안개처럼 그도
지금쯤 어느 늪에서 모가지를 꺾고 살아갈까

잠에서 깬 개구리들이 늪을 흔든다

다시 한 무리의 새 떼가 날아오른다

수국 水菊

영종도 교원연수원 길이 비에 젖는다
며칠째 수국수국 가는 비 온다
길모퉁이 연보라 자주 꽃송이도 젖는다
목이 젖는다
고개를 떨군다
탐스러운 꽃송이를 받쳐 든 턱이 춥다
개미도 꽃 섶을 파고든다

외국에서 수년을 떠돌다 온 그도
저렇게 머리가 무거울까
끼니를 거르며 게스트하우스에서 새우잠 자고
허름한 레스토랑에서 접시를 닦던 사내
걸어서 수십 블록 밖 학교에 다녀
십 년 만에 받은 학위

며칠 전 교수 채용 면접에 간다는 그에게
더 이상 고개를 떨구지 않도록
저 수국 빛 넥타이를 골라줬었다

연수원 길은 여전히 비에 젖고
굶주린 고양이 소리처럼 가늘게 되울리는 전화 목소리
또 물먹었다고,
면목面目없단다

박사가 지천인 수국水國,
연수원 오르는 길목
연보라 자주꽃 허리가 휘청거린다
고개 숙인 것들이 널브러져 수국수국 소란스럽다

개미들

중앙공원 호숫가 바위 위 개미 한 마리
바람 불자 기우뚱기우뚱 기어간다
풀숲의 개미 두 마리
단풍나무 열매 하나 물고 간다
사슴 우리 밖으로 개미 예닐곱
죽은 장수잠자리를 끌고 간다
보도블록 위에서 새까만 개미 떼
산 지렁이를 떠메고 간다

광장의 촛불 행렬,
이 저녁을 끌고 어디로 가나?

손영숙

경남 마산에서 태어났다.
2014년 『문학청춘』 시부문 신인상으로 등단했다.
시집 『집 없는 아이들』이 있다.

귀향

백토의 살결이 품은
검은 피 한잔
깊은 바위굴을
헤쳐 온 근육이 터져
방울방울
정갈하게 담겼다

소 농사가 망해
공단을 떠돌다
내려앉은 등뼈가
칙칙한 칡즙 속에
진득하게 누워있다

만장 키 큰 나무에 희망을 감고 올라간
덩굴손
보랏빛 그리움을 꽃으로 피워 올리던
그 언덕에서

지층을 뚫고 들어간 뿌리

삽날에 끌려 나와
작두로 잘려지고 고아지고 졸아진
저 캄캄한 한 잔의 어둠

산불 지킴이
겨울 한 철 품삯이
한 해 농사보다 낫다는
농자 천하지 대본*으로 돌아와
한 잔의 검은 피로 출렁이고 있다

하얀 찻잔에 담긴 한 시절의
검은 태풍

* 農者天下之大本

갑질 명상

땅콩에 이어
물컵까지 날리는 봄날

재래시장 방앗간에 기름 짜러 갔다
깨 닷 되 씻고 말리고 볶아 짜는 데 일만 원
이 집 부부 한 시간 걸린단다

한 시간
폐에까지 달라붙는 미세 먼지 걱정에
애지중지 산골 조카가 키운 참깨 들깨 새끼들
서슴없이 떼어놓고 시장바닥 헤매다
대학가 입구에서 찻집을 찾았다

알바 한 명이 차 한 잔 만드는데 오 분
오천 원짜리 차 한 잔을 반도 못 마시고 나오는데
문득 떠오르는 깨 볶는 연기 속의 그 부부 목젖
만 원 주고 두 잔을 더 시켜 들고 갈까
물컵이 날아올까 생각을 거둔다

오백 원짜리 식혜 두 캔
사 들고 들어가 기름 찾아 나오다가
천 원짜리 한 소쿠리 상추를 사는데
채소가게 아주머니
팔다 남은 애호박 하나 덤으로 준다

많이 사는 분께 드리라고 한사코 사양하니
적게 사는 분께만 드린다고 기어코 끼워준다

공단 옆
다문화가족 즐겨 찾는 재래시장 갑질 풍경
긔 어떠ᄒ니잇고*

* '그것이 어떠합니까'의 뜻으로 고려시대 노래 경기체가의 후렴구에서 빌려옴.

너덜경經

무릎뼈 받치던
도톰한 반달이 다 닳았다

서른두 대 방적기를
서른 해 지켜온 공단녀
예순의 생애가 너덜너덜하다

다 닳은 달의 입술에 물을 떠 넣는
지아비의 떨리는 손

평생 받은 섬김을
숟가락에 담아
처음으로 섬겨보는 저 굽은 등

그녀를 몰고 다니던 칼바람이
잠시 생각에 잠긴다

이강휘

1981년 부산에서 태어났다.
부산대학교 국어국문학과 및
부산대학교 대학원 국어교육과(석사)를 졸업했다.
2014년 『문학청춘』 시부문 신인상 수상으로 등단했다.
현재 마산무학여고 교사로 재직하고 있다.

역사는 흐른다

우리 학교 역사 가르치는 위 선생, 허 선생은
밥 먹을 때 하도 밥이야 반찬이야 흘려 대서
역사교사는 왜 그렇게 흘리냐며
핀잔을 줬더니
부끄러워 고개 숙인 허 선생 뒤에서
가만 듣고 있던 위 선생, 대뜸
– 역사는 흐르니까!

아, 한국을 빛낸 백 명의 위인들 후렴구를
수백 번 불러대도 몰랐던
역사는 흐른다는 말의 의미를
단번에 깨우쳐준
위 선생의 명강의

주말가족

다음 주에 봐.
안녕하며
사이드미러에 비친
손 흔드는 딸의 손짓.

– 사물이 보이는 것보다 가까이 있습니다.

네, 멀어져 가는 딸이
어찌나 가까워 보이던지
눈에 들어가
빠지질 않네요

뭐라 카는기고

가만 누웠다가 대뜸
하늘과 땅을 뒤집고
뒤뚱거리는 걸음으로
온 대지를 흔들기도 하고
때론 넘어져
하늘을 무너뜨렸다가도
한 번의 미소로
눈부신 빛을 만드는
세상의 창조자여.

오늘은
옹알거리는 작은 입으로
조심스럽게
새로운 언어 세계의 문을 여는 너는
지금 대체

뭐
　　라
　　카

는
기

고

수진

본명은 이세영이며 서산에서 내어났다.
운문승가대학교를 졸업했다.
2015년 『문학청춘』 시부문 신인상으로 등단했다.
서산여성문학회, 충남시인연합회 회원이며
현재 서산 도비산자락 수도사 주지로 있다.

얼룩무늬

공약이 난무하는 선거철이다
얼룩얼룩 기워 입은 혀들이
내뱉는 말이 얼룩말이다
의성어와 의태어 사이에서
얼룩으로 번지는
막걸리 병마개를 열면
스멀스멀 올라오는 기포들,
훗훗한 입김에 녹아나는
말들이 질주를 한다
제주에서는 제아무리 천리마라 해도
하찮은 거미를 잡아먹으면 죽고
팔다리 오금에
눈이 한 개씩 더 있어
낙상하는 사람을
절대로 밟지 않는다는 속설이 있다
얼룩말들이 뒤섞여 질주하는 곳
모두가 안전한 길이 되기를

미투

개불알꽃
큰 개불알꽃
선 개불알꽃
며느리밑씻개꽃
참 민망하기 그지없는 이름들이지만
앙증스럽고 귀품이 넘친다
식물에게 붙여준
꽃 자를
사람에겐 왜 붙여주지 않았을까
가끔은 여성의 상징을
난蘭 꽃에 비유하기도 하지만
남성의 상징에
꽃 자 하나만 더 붙여줬어도
세상엔 미투라는 것이 없는
가장 아름다운 꽃으로 피어날 것을

자명종

몸의 일부에서 머리는 종이다
때리지 않아도 울고
울어야 할 때를 알아서 울어주고
두개골 깊숙이 은하수가 흐르며 사색의 강이 있는
자명종 하나씩 갖고 태어났으니
서로 헐뜯고 때리지 마라
우리 서로의 자명종이 울릴 때까지
못내 기다릴 줄을 알아야 한다
함께 머리를 맞대고
종소리의 화음을 맞출 줄도 알아야 한다
너와 나의 종소리가 기약도 없던 저 북녘에서
남·북·미·중 사중주의 화음을 이루어 낼
그날이 밝아오고 있다
범종처럼 때리지 않아도 자명종은 울린다

양민주

경남 창녕에서 태어났다.
2015년 『문학청춘』 시부문 신인상으로 등단했다.
시집 『아버지의 늪』, 수필집 『아버지의 구두』가 있으며
원종린수필문학 작품상을 수상했다.

물수제비

고요의 늪으로
조약돌을 던져 달을 딴다
달은 물속에서 깨어지고
파문이 지워지면 다시 붙는
희나리 같은 달

야생화에 대한 집착

가난한 살림에 야생화를 사
아내에게 지청구를 듣는다

말없이 신문을 들추다
창 쪽을 보면
집 없는 달팽이
연초록 잎을 갉아먹고 있다

수수꽃다리 향기에
병이 난 발길이
야성처럼 꽃집으로 향한다

장마

빗방울 소리 음악으로 들려주다
세찬 바람에 뒤집혀 버리는
하늘색 비닐우산
마음속 그림으로 남았다

백선오

1957년 서울에서 태어나고 자랐으며
현재 원주에서 살고 있다.
2016년 『문학청춘』 시부문 신인상으로 등단했다.
시집 『월요일 오전』이 있다.

양파

변해버린 온도 때문에
겉옷을 벗는다
색깔이 드러난다
오래된 수건을 걸레로 쓰기로 한 날
앞뒤 헷갈리는 속옷을 접다가
렌지 위에 올려놓은 생선찜을 끈다
비온다는 예고 없이 갑자기 쏟아진 소나기
미처 치우지 못한 방석이 물텀벙이다
손은 여전히 움직이고
머리는 무차별 생각 없이 연관 없이 현기증이 난다
너무나 고요하다
단순하고 명료해지기 위해
너와 나는 끊임없이 움직이고 움직여도 만나지 못한다
어느 겹에서 우리는 닿을까
밥을 먹으며 습관처럼 생각한다
이해하지 못하고
또 한 겹의 옷을 벗는다
어디를 가도 의붓자식
콧날이 매워지며 눈물이 흐른다

사랑받기엔 너무 매워
또 옷을 벗는다
정체는 어디에 숨겼니
서로 모르면서
벗는다고 사랑이 될까

가끔씩

종아리에 열꽃이 돋았다
가렵지도 않고 아프지도 않다
꽃을 종아리에 열흘 넘게 달고 다닌다
의사도 모르는 꽃
표현할 줄 모르는 어릿한 꽃이 내게로 왔다
이름도 없이
미래도 없이
가렵지 않고 아프지도 않기가 쉬운 일인가

아무데고 밑줄을 긋고 싶다
밑줄을 그으면
훤하게 알 것 같다
포도를
파도로 읽는 분별없는 저녁
심장에 열꽃이 돋는지
나는 가렵고 아프다

기술

너는 삶을 기술이라고 했지
나는 솜씨라고 했다
기술이나 솜씨나 그게 그거지
누군가 비웃으며 요령이라고 한다
핏대를 올리며 할 말은 아니다에 우리는 합의를 했다
어깨에 힘을 빼야 한다고
에너지를 쓸모없이 방전시켰다
너의 어깨는 비스듬히 올라가서
힘을 뺐건지 알 수 없고
자꾸 처지는 내 어깨는 까무룩 바닥이다
무엇이 될 줄 알았던 시절이 지나가고
아무것도 아니다란 말이 자꾸 걸리는 시절이 오고
갑론을박하는 우리의 말에
비릿하게 웃던 그 웃음이
아는자의 웃음 같아서
모르는 나는 잠시 알고 있다고 생각했던 것이 민망해지고
그럴 때마다 초콜릿을 먹는다
생각을 닫는다

이나혜

본명은 이정숙이며 1976년 전남 신안에서 태어났다.
2016년 『문학청춘』 시부문 신인상으로 등단했다.
시집 『눈물은 다리가 백 개』가 있다.

홍시를 희롱하다니

이 나이가 되면 아줌마라고 한다
그런데 붉다

무슨 짓을 해도
둥글고

살집이 있어서
한 번은 꼭 올려다보게 한다

누군가는 떨어지기를 기다리는데
매달려 있다

계절풍이 불고 밤이 지나도
여전히 붉다

성적性的이지 않은데

동박새가 가지를 번갈아 가며
감히 아줌마들을 희롱한다

둥글고
붉은 것들은 대체로 세상보다 높이 매달려 있다

눈물은 다리가 백 개

눈물은 다리가 백 개
지네처럼
백 개의 다리로
뺨에서 목으로 젖가슴으로 배꼽으로 치골로 다리로 스멀
스멀 기어 다니네
이 근지러움이 좋아 나의 심장은 종종 울음을 우는 것이지
울음에 무슨 이유가 있겠어
지네처럼
백 개의 다리로 다리를 건너 치골로 배꼽으로 젖가슴으로
목으로 뺨으로
그러나 내 밤이 너무 어두워
눈물은 다시 눈으로 기어 들어가지 않네

이일우

1953년 전북 무주에서 태어났다.
가천대 국문과 박사과정을 수료했다.
2016년 『문학청춘』 시부문 신인상으로 등단했다.

장미의 이름

사랑을 먹고 사는 족속은 외롭지

화장은 외로움을 지우는 일
사라지는 것들은 아름답고 아름다운 것들은
외로워서
화장을 해

내게서 색色을 꺼내려 하지 마
오월은 풀물에 개지 않아도 그대로 색色
굵어지는 주름 위
너의 뜨거움을 덧칠하는 화장이야

꽃으로 살고 싶어 가시를 품지
너의 서투른 접근을 막으려는 철망 아니야
내 깊숙한 곳에 쌓인 응어리를 뚫는
침이야

엉덩이에 핏물 들도록 무너졌지
하루에 수천 번 허물어지는 일은 또

얼마나 눈부신가

지금 나는 너를 배는 중이야
오지 않는 내일을 기다리며

무섬을 탄다는 것은 살아있다는 것
살아있는 것들은 불과 그을음 사이
숨결에 흔들리지

더 이상 여왕이라 부르지 마
장미,
이제 싫어

수반에서 내려온 소사나무

나는 없었다

외롭다는 황홀하다의 다른 말이고
아프다는 박수받고 있다는 뜻
나를 비워야 너에게 갈 수 있었다

언제 배불러 본 적 있던가
사과 반쪽에 우유 한 잔
수시로 하지정맥에 주사바늘을 꽂아야 했다

밝은 곳의 주변은 어두운 곳
공들인 것은 다 남의 것이었다

칼날 앞에서 춤추는 생활은 가라
눈총 맞고 돌아오는 저녁도 가라

모로 걸어도 건너고 싶은 벼랑이 있다
갈채가 뚜껑을 열어젖혀도 견뎌내야 할 침묵이 있다

이제 쏟아지는 햇살에 하품을 뿜어내고 싶다
옆구리에 배바지 걸치고 어슬렁거리고 싶은 골목이 있다

수목원 뒤꼍
수반을 내려온 소사나무 새파랗게 웃자란 가지
지평선을 팽팽하게 당기고 있다

비에 젖다

주렴 뒤
눈빛이 차가왔다
칭얼거리는 물방울이 뼛속까지 파고들고
환청처럼 너를 호명했다

너를 받아 적었다
젖은 숨소리는 이미 이모티콘*
더듬더듬 읽다보면 기하급수로 분열하고
깨끗이 씻어내도 흔적이 남는 수채화

고운 말은 다 쓸려 내려가고
가시만 씹혔다
바늘투성이 선인장처럼 우두커니 서서
사막에 내리는 비를 떠올렸다
목이 탔다

허기진 혓바닥이 한바탕
먹구름을 핥았다.
죽은말들의 홍수 속에서 너의 통점을 끄집어냈다

해석을 거부한 분홍이 침샘에 고였다

너는 한랭전선의 방식으로 주렴 안에 있고
분홍은 어느새 검댕이 되어 입속에서 우글거렸다.
사선을 그으며 머리카락이 쏟아져 내리고
퉁퉁 불은 오후가 회오리쳤다

* 이모티콘 : 컴퓨터나 휴대전화의 문자, 기호, 숫자 등을 조합하여 만든 그림문
  자. 감정이나 느낌을 전달할 때 사용한다. '그림말'로 순화되었다.

곽 애 리

1959년 강원도 평창에서 태어났으며 1985년 도미했다.
2017년 『문학청춘』 시부문 신인상으로 등단했다.
월간 『한국 수필』 작품상과
'인사동 아리랑' 해외동포 문학상을 수상했다.
현재 미주 중앙일보 오피니언 칼럼니스트로 있다.

젓가락 당신

비스듬히 기대어
반찬 위에 춤추는
두 짝의 젓가락
꿀꺽!
맛 장단 맞추다
옛 기억이 생각나
울컥!
한 짝밖에 없어
그놈을 생으로 반 꺾어
목구멍에 밥을 밀어 넣을 때
가시가 파고들던 짧은 숨
모래알로 헛돌던 쌀톨

서로
비스듬히 기대어
당신이 있기에
수월수월
춤추는
밥상

밥을 먹으며

소복한 밥그릇을 마주하고 어쩌자고 둥그런 봉분을 떠올리는 건가 숟가락으로 밥을 뜨며 무덤 앞에 삽으로 흙을 푸고 있는 손 깔깔한 입맛에 밥뚜껑을 닫는데 관 뚜껑을 닫는 나의 모습 놀라워라 밥 한 술에 한 발자국 밥무덤으로 가까워지는 나날들 고개를 끄떡이며 밥상을 물리고 돌아서는데 겨드랑이를 파고드는 묻어도 덮어도 사라지지 않은 김이 모락 피어오르는 밥 냄새 그랬었지 향을 찾아 헤매었고 온기로 기억되고 싶었던 나날들 굶주린 듯 허기졌던 통 큰 외투에 밴 밥 냄새 쿵쿵거리며 오늘도 나머지 마음을 만지작거리며 하루를 삼킨다

심장 조율

지옥의 출근길
날씨까지 안 받쳐주네
주룩주룩 비 새더니
그렁그렁 올더니
딱, 비 멈춘 하늘에
햇살,
이건 또 뭐야

거짓말처럼
속은 것처럼
어차피
반복될 하늘의 장난인데
장단에 놀아날 일 뭐있어

툭, 툭, 비 걷어차고
톡, 톡, 손가락으로
햇살 튕기며
잠깐,
박자는 조절해야지

어깨는 많이
출렁이지 않겠습니다

박 언 휘

경북 울릉도에서 태어났다.
경북대 의대를 졸업했으며
미국 코헨대학 명예국제정치학 박사학위를 취득했다.
저서 『박언휘 원장의 건강이야기』 『내마음의 숲』 등이 있다.
2017년 『문학청춘』 시부문 신인상으로 등단했다.
현재 시전문 계간잡지 『시인시대』 발행인이며
국제 펜문학 홍보이사, 한국문인협회 정회원,
박언휘종합내과원장이다.

참 좋다

곧게 뻗으며
위만 쳐다보는
금강 소나무보다
내려다 볼 줄 아는
굽은 소나무가
정이 많아 더 좋다

햇볕은 덜 들지라도
굽은 가지 사이에는
편히 쉴 수 있는
그늘이 있어 참 좋다

버스정류장 박스에 기대어선
한 소녀의 굴곡진 겨드랑이 속으로
젖먹이가 엄마 품을 찾듯
겨울 햇볕이 찾아온다니 참 좋다

오늘, 한 소녀에게
여름이면 쉴 수 있는 그늘이 되고

겨울이면 엄마 품이 될
사랑터 소식을 접하니
참 좋다

어두운 거리에 촛불이 되고
안개 낀 뱃길에는 사이렌이 되고
항구를 찾는 고깃배엔 등불이 되고
아름다운 삶을 이어가는 다리가 될

사랑마중물 소식에
희망과 기대로 가슴 설레이니 참 좋다

수레에 싣고 다니던
금이 간 항아리에서 배여 나온 물이
길가에 새싹을 틔울 수 있었음을
우리는 서로 다를 뿐이지
틀리거나 나쁘지 않음을,
누구나 깨달을 수 있는
오늘이 있음에 참 좋다

가운을 입고

파도가 포효하는 성난 바위 틈사이에서
해풍을 이기고 피어나는
하얀 꽃 한 송이
붉은색은 지우고
노란색도 지우고
보랏빛도 지우고
꿈도 환상도 추억도 아픔의 침전물로 다 지워버리고
깨끗하고 거짓 없는
본디의 희고 흰 마음만으로
아침 맑은 햇살에
간절하게 꽃잎 오므리는
저 하얀 꽃

움츠렸던 입을 열고
풀잎에위에 올려진 이슬처럼
따사로운 손길로
영그는 미소되어 어루만지며
곱게 기도한다.
날카로운 메스가 심장을 도굴하며
살을 에이던 과거의 슬픈기억들을 지우고

그래도 지울 수 없는
아픔들이 사람 사는 정표로서
두 손을 모은다

벼랑끝에 몰려 허덕이는 사람들의
어둡고 칙칙한 불소통을
비움과 채움의 따사로운 손길로
인술을 영글게하는
아픈 기도가 자라는 이 아침

지구 저 너머 우주로 사라져가는
하얀 생명들을 위해
살아있음이 축복임을
성시처럼
음유하며

순백의 모진 가운을
꽃잎처럼
걸친다.

심은지

1959년 홍천에서 태어났다.
2017년 『문학청춘』 시부문 신인상으로 등단했다.

압화壓花

　새로 난 길 위에 진달래꽃 떨어진다 막 깔아놓은 콜타르 위에서 서서히 압화되어 간다 다섯 개의 꽃받침과 여덟 개의 수술이 선명하게 박힌다

　진달래는 가장 빛나는 순간에 멈추었다

　나도 지금 압화壓化되어 갇히는 중이다 발자국은 꾹꾹 눌러 찍히고 발밑은 끈적끈적 무겁게 잡고 늘어진다 발목을 잡힌 것 같다

　고집이 바래지고 생각이 말라가면서 점점 얇아져 간다 자동차 바퀴가 지나갈 때마다 점점 멀어지는 분홍

　스물셋, 가장 빛나던 순간에 나도 멈추었다

묵정밭

부둥켜안은 몸뚱아리, 그 아집을
그 아집을 마른 잡초가 움켜쥐고 있다
머리채를 움켜쥐고 놓지 않던
너의 손아귀처럼
키가 큰 아집은 가시덩굴과
연대해 바리게이트를 치고 있다
쟁기질도 받아 주지 못하고
손아귀도 뿌리치지 못하는 저 묵정밭
입 꽉 다물고
퍽퍽 흙먼지만 날린다
꾸역꾸역 울음을 참고 있던
비가 쏟아져
딱딱한 흙덩이를 때리고
부수고 가르며 스며들었다
속살이 아리다
멍울져 있던 울음덩어리가 깨진다
머리채를 움켜쥐고 놓지 않던 손아귀
아집의 손가락들이 풀리는 것을 본다
공평하고 의로운 빗줄기다
속이 보이기 시작한다

수필

이성우

1948년 경북 김천에서 태어났다.
육군사관학교(1970년 26기)를 졸업했으며
육군 소장으로 예편했다(1999년).
2010년 『문학청춘』 수필 부문으로 등단했다.
저서 『대한민국을 지켜라』가 있다.

우리의 수저문화

인간에게 가장 중요하고 큰일은 뭐니 뭐니 해도 '먹는 일'이다. 그래서 인간의 일상생활에서 제일 많이 사용되고 또한 없어서 안 될 필수품 중의 필수품이 숟가락 젓가락이다. 그런데 공기가 너무 흔하고 당연히 주어져서 귀한 줄 모르듯이 수저도 그런 억울함이 있다. 수저는 생긴 것도 너무 단순 소박하여 대접받기도 어렵게 되어 있다. 하지만 꼼꼼히 뜯어보면 이게 그렇게 단순하지 않다는 것을 알게 되고 어떤 포스마저 다가온다. 특히 우리의 수저는 우리 민족의 오랜 문화와 지혜가 고스란히 배어 있음을 느낀다.

평시에 그저 무심히 지나쳐서 그렇지 조금만 관심을 가지고 보면 우리가 사용하는 숟가락과 젓가락은 생김새가 중국, 일본, 동남아 나아가 서양의 다른 나라들 것에 비해 꽤나 독특하게 생겼음을 알 수 있다. 세계 어디에서도 볼 수 없는, 조금은 생경한 모습을 지니고 있다. 먼저 숟가락부터 보자. 우리 것은 스텐이나 청동 등 쇠붙이로 만들어져 있고, 손잡이가 일직선 형태로 길고 가늘며, 국물을 떠먹는 부분도 두께가 얇고, 입도 넓고 얕다. 반면에 동양의 다른 나라들 것은 대개 자기로 만들어져 있고, 손잡이가 짧고 뭉툭하며, 떠먹는 부분의 두께가 두툼하고, 입 부분도 좁고 깊다.

이 차이는 금속재와 자기라는 재질 때문에 생긴 게 아닌가 생각되는데 이와 같은 숟가락 모양의 차이는 자연히 식사 방법에 차이를 가져왔다. 즉 다른 나라들은 숟가락 입의 두툼한 두께로 인해 그릇안의 남은 국물을 다 뜰 수 없기 때문에 마지막에는 반드시 국그릇을 손으로 들고 입으로 부어야만 한다. 반면에 우리 것은 숟가락으로 그릇안의 국물을 거의 깨끗이 떠먹을 수 있다. 우리의 이런 숟가락 덕분에 우리는 그가 특별히 급한 식습관을 가진 사람이 아닌 한 식사하면서 밥그릇이나 국그릇을 손으로 들 일이 없다. 그래서 우리는 그들보다 훨씬 젊잖게 식사를 할 수 있고 볼 성 사나운 모습을 안 보일 수 있다.

젓가락도 비슷하다. 우리 젓가락은 가늘고, 길지 않고, 끝이 뾰족하고 주로 금속제이다. 반면에 다른 나라 것은 굵고, 쓸데없이 길며, 끝이 뭉툭하고 주로 목제이다. 그래서 우리가 깨알 같이 작은 것도 집을 수 있는데 비해 그들은 큰 덩어리 밖에 집지 못한다. 그리하여 종국에는 음식 부스러기를 젓가락으로 긁어모아 그릇을 들어 입에다 대고 쓸어 넣어야 한다. 중국이나 동남아 사람들이 식사 때 그릇을 들고 식사하는 모습을 많이 볼 수 있는데 이것은 이러한 수저의 모양에 따른 차이에서 오는 것이라고 할 수 있다. 그릇을 들어야 하는 수고 없이 식사를 끝낼 수 있는 우리 수저의 우수성을 잘 알 수 있고 아무것도 아닌 것 같은 작은 수저에서도 우리 선조들의 지혜를 읽을 수 있다.

이왕 이야기가 나온 김에 서양의 포크 나이프와도 비교해

보자.

나는 지난해 두 달간 미국을 자동차로 대륙횡단 여행을 하였다. 이 때 우리의 젓가락과 서양의 포크 나이프를 번갈아 사용하면서 젓가락의 우수성을 많이 느꼈다. 특히 김과 깻잎 절임을 포크 나이프로 먹으려다가 도저히 안 되어 젓가락을 꺼내 간단히 한 장 씩 집어먹으면서 절실히 깨달았다. 동양과 서양 식문화의 가장 두드러진 차이중 하나가 동양의 젓가락 대 서양의 포크 나이프라고 할 수 있다. 이 두 개의 차이는 젓가락은 집어 올린다는 것이고 포크 나이프는 자르고 찍어 올린다는 것이다. 우리는 음식을 조리하면서 충분히 자르기 때문에 밥상에서 별도로 칼로 자를 일이 없이 젓가락으로 집기만 하면 되지만 서양은 스테이크처럼 식탁에서 잘라야 하는 음식이 많다는 것이 차이의 원인일 것으로 생각된다. 그런데 이 차이는 인류사적으로도 큰 의미가 있다고 본다. 인간은 지금도 많은 민족이 식사할 때 손가락을 이용하여 음식을 집어 먹고 있다. 원래가 인간은 원시시대 때부터 손가락으로 음식을 집어 먹지 않았는가! 이런 점을 생각하면 손가락을 대신하여 젓가락으로 음식을 집는 방식이 포크와 나이프로 음식을 자르고 찍어 올리는 방식에 비해 훨씬 자연스럽고 생태 친화적이라고 할 수 있겠다. 물론 젓가락을 잘 사용할 수 있기 위해선 숙달이 요한다는 문제는 있지만.

그리고 이번 여행 시에 새삼 느낀 것인데 식탁에서 칼과 쇠스랑을 양 손에 꼬나들고 벌건 고기를 자르고 찌르는 모습은 이를 아무리 품위 있게 행동해도 젓가락을 사용하는 모습에 비해 고상함, 우아함에서 비교가 안 된다는 것이었다. 또한 젓가락은 식사 간에 한손만 사용하면 되는데 비해 포크와 나이프는 두 손을 다 사용해야 하며, 식사 동안에 지속적으로 포크와 나이프를 왼손 오른손으로 옮겨 잡아야 하니 이 또한 여간 성가신 일이 아니다. 더구나 스푼과 포크를 이용해 음식을 집어 나르는 것을 보면 음식이 금방이라도 떨어질 것 같아 불안하기 그지없다. 한편으로 우리는 수저 한 벌만으로 모든 식사가 되지만 서양은 음식 내용에 따라 포크 나이프와 스푼을 몇 벌씩 준비해야 한다. 그래서 식탁 위가 포크 나이프 진열대처럼 어지러울 정도로 복잡하고 식사 할 때도 음식에 맞는 포크 나이프를 쓰고 있는지, 왼손 오른손에 들고 있는 것이 제대로 들고 있는지, 신경을 쓰느라 음식 맛을 감상할 여유도 없을 정도이다. 무엇보다도 나이프와 포크는 아무리 멋있게 만들어도 본질적으로 흉기라는 사실이다. 이번에 미국여행을 하면서 젓가락 문화 쪽에 태어난 것을 감사하는 일이 몇 번 있었다. 서양 것은 무조건 우리 것보다 낫다는 생각을 이제 하나하나 따져볼 필요가 있다.

　나는 기능성면에서 우리의 수저가 세계 어느 나라 어느 민족의 수저보다도 우수하다고 믿어 의심치 않는다. 이는 다른 말로 우리의 식사 방식과 식탁 문화가 세계에서 가장 효율적이고 자연친화적이면서 또 고상한 방식이라는 것이다.

우리는 얼마나 잘 살아야 행복한가?

얼마 전 어느 신문에서 우리 한국인의 국민소득이 작년도 말 구매력 기준으로 28,000불이 넘는다는 기사를 보았다. GDP 기준으로 10여 년이 넘도록 2만 불을 넘지 못하니까 구매력이라는 개념을 도입하여 단번에 3만 불 가까이로 만들었다. 이렇게 하니까 까마득하게만 보이던 일본이나 미국도 우리와 얼마 차이가 나지 않게 되었다. 사실 굶어도 보고 다음 끼니를 걱정하며 살아본 경험이 있는 우리 세대는 우리의 생활수준이 엄청나게 높아졌다는 것을 절절히 느끼며 산다. 의식주 모든 면에서 일일이 들 수 없을 정도로 예전에는 꿈도 꾸지 못하는 삶을 누리며 살고 있는 것이다. 그러면서 그 신문의 다른 면에서는 한국인들은 세계에서 스스로 가장 불행하다고 생각하는 국민이라는 것을 이야기하고 있었다. 우리는 물질적으로 풍족해지면 행복할 것이라는 신앙 같은 믿음에 몸뚱이가 부숴 져라 죽어라고 일을 해서 이만큼 올라섰다. 그런데 우리 국민이 갖는 행복의 만족도가 이 정도라니 정말 낭패이지 않을 수 없다. 기사를 보면 선진국은 물론이고 우리보다 훨씬 못산다는 동남아, 중남미 심지어 아프리카 국민들보다 행복도가 더 떨어진다. 이 기사를 보며 "도대체 얼마나 더 벌어야 하고 얼마나 더 잘 살아야 하는가?"를 생각하며 나의 생활을 돌아보았다. 물질이 행복의 다는 아니지만 또한 행복에서 무시할 수 없는 요소라는 점을 감안해서.

  중고등 학교 때 도시락을 못 싸가서 점심시간에 혼자서 밖에서 수돗물 마시면서 시간을 보낸 경험이 있는 나로서는 지금의 삶은 실로 엄청난 부자이다. 집도 50평이 넘고 연금 외에 작은 수입도 있고 아무리 못 잡아도 중상류층이라 할 수 있다. 이제 먹고 사는 문제보다 어떻게 하면 더 보람 있게 사는가하는 문제를 고민하는 삶이다. 물질적인 면에서는 더 바랄 것이 없다. 그러면 "나는 행복한가?"라는 질문을 하면 답은 당연히 "그렇다."고 해야 할 것이다. 그러나 솔직히 그렇다는 답이 얼른 나오질 않는다. 가만히 생각하니 나도 무언가 나에게 충족되지 않고 있는 부분이 있는 것 같다. 그게 무얼까?

  퇴근하여 아내가 정성들여 차린 저녁을 함께 잘 먹고 푹신한 소파에 뒤로 잔뜩 기대 누워 내가 좋아하는 TV의 세계여행 프로를 감상한다. 그것도 고화질의 풀 칼라로 세계의 비경을 안방에서 느긋이 감상한다. 이는 내가 제일 바라고 좋아하는 상태이다. 내 몸이, 내 욕구가 바라는 것이 가장 완벽하게 충족된 상태이고 세상에 더 부러울 것이 없는 상태이다. 그런데 TV 화면에 몽고인들이 그들 천막Pao에서 생활하는 모습이 나온다. 갑자기 온몸과 마음이 저려온다. 자세가 바로 잡히고 눈빛이 빛나며 한 장면도 놓치지 않으려는 듯 화면을 뚫어지게 본다. 그들의 천막생활로 마구 끌려

가는 나를 느끼며 당장 이 자리를 박차고 그곳으로 달려가 그들처럼 살고 싶다는 충동이 온몸에서 솟아온다. 시베리아 툰드라지역에서 사는 원주민들의 모습에서도 비슷한 느낌을 받는다. 어렵사리 쟁취한 넓은 집, 푹신한 소파, 3D 칼라 TV, 풍족한 먹거리가 갑자기 아무것도 아닌 것이 돼 버린다. 복에 겨워서인가? 꼭 그렇지만은 아닌 것 같다.

나는 미국의 서부 인디언 보호구역을 여행할 때 그들의 삶을 보면서 왠지 꼭 고향에 온 것 같다는 느낌이 강하게 들었다. 그들의 초라하게 사는 모습이 백인들에 비해 비교할 수 없이 볼품도 없고 궁색이 넘쳐흘러서 그런 느낌을 갖는 내가 싫기까지 했다. 인디언들은 옛적에 베링해를 건너 미 대륙으로 건너간 몽고족의 후손이다. 이런걸보면 나에게는 몽고족의 피가 흐르고 있음이 분명하고 TV를 보면서 보인 그 반응은 나도 모르지만 내 속 깊숙한 곳에 자리 잡고 있던 본성이 발동한 것이라는 생각이 든다. 미국 정부에서 인디언들의 생활 향상을 위해 깨끗하고 편리한 현대식 주택을 지어 주었지만 집만 번듯하지 사는 모습은 우리의 옛날 시골 농촌과 하나도 다를 것이 없는 것을 보았다. 심지어 이 집에 살지 않고 자기들 원래의 천막에서 살고 있는 인디언도 많다고 한다. 비슷한 모습을 사우디와 쿠웨이트의 베두인족(사막에서 옛 생활 방식을 고집하며 고유의 천막에서 살고 있는 유목족)에서도 보았었다. 정부에서 이들을 위해 지어준 고급아파트들이 이들의 외면으로 텅텅 비어있는 것을 본 적이 있다. 왜 그들은 문명이 주는 편리함, 안락함, 청결함 등을 외면하고 천막생활을 고집하는 것일까? 내가 그 이유를 알 턱은 없다. 그러나 확실한 것은 비록 불편함은 있겠지만 그들은 그런 생활을 더 좋아 한다는 것이고 그런 생활로 불행해 하지 않는다는 것이다. 다른 말로 그렇게 사는 것이 더 행복하기 때문이 아닐까? 우리보다 못 사는 나라 사람들이 우리보다 더 행복하다고 생각하는 것도 결국 같은 맥락이 아닐까?

우리 국민들은 모두들 타이거 우즈, 빌 게이츠, 이건희 삼성 회장 같은 생활을 꿈꾸며 맹렬히 그리고 끊임없이 부를 추구하고 있다. 어느 정도 부를 이룬 지금도 만족하지 않고 계속 부족하다고 생각한다. 우리가 워낙이 동질사회인데다가 좁은 땅덩어리에서 서로를 가까이 대하고 살다보니 상대적 빈곤감과 박탈감이 더 클 수 있는 요인이 많이 작용할 것이다. 그래서 갖는 불만이 마음속에 쌓이니 행복하기가 다른 나라 사람보다 더 힘들 것이라는 생각을 하게 된다. 그러면 도대체 우리는 얼마나 더 잘 살아야 이런 불만과 불행에서 벗어날 수 있을까? 국민 모두가 이건희처럼 살아야 해결될까? 그런데 그것이 가능하겠는가? 우선 지구의 자원이 그것을 감당하지 못할 것이다. 돌아가신 SK창업자 최종현 회장께서 생전에 사람이 사는 데는 몽고인들의 Pao정도면 충분하다고 말했다는데 나도 이 말에 참 동감한다. 물론 굳이 그런 생활로 되돌릴 필요야 없겠고 이렇게 말하는 나도 그런 생활을 하면 또 마음이 변해 불편하다고 다시 이 생활을 그리워할 것이 틀림없을 것이다. 그러나 한번 쯤 지금 우리의 생각과 삶의 방식을 곰곰이 돌아볼 필요가 있다. 열심히 최선을 다하며 산다는 것은 동서고금 변함없는 인간 최고 덕목의 하나이고 돈을 많이 벌겠다는 욕망이 그 자체로 나쁜 것은 아니지만 왜, 무엇을 위해 그렇게 해야 하는 것인지 그 목적을 한번 생각해 볼 필요는 있다.

이선국

강원도 고성에서 태어났다.
2012년 『문학청춘』 수필부문 신인상으로 등단했다.
고성문학회 초대회장을 역임했으며
현재 물소리시낭송회 대표이며 한국문인협회 회원이다.
저서 『길에서 금강산을 만나다』 등이 있다.

눈에 밟히는 사람

눈을 감으면 눈에 밟히는 사람이 있다.

그는 한국전쟁 휴전 직후 이듬해 태어났다. 전쟁의 포연이 채 가시지 않은 수복지구 접경지역의 작은 포구에 실향민의 둘째 아들로 세상과 마주한 것이다. 전쟁의 상흔이 곳곳에 그대로 남아 있는 땅, 태어난 것 자체가 고난의 시작이었다.

처참한 잿더미 위에서 살았던 대부분 사람들의 삶이 순탄치 않았지만 그의 인생 역정 역시 정말 고단한 삶의 연속이었다. 금방이라도 쓰러질 듯 거적때기를 걸쳐 놓은 오두막, 식구들이 올망졸망 모여 사는 거처조차 온전치 못했고, 보리죽조차 에우지 못하는 궁핍한 유년과 학창시절을 보내야 했다. 세상 지옥이 따로 없었다.

태생적으로 가난을 걸머진 비운의 소년이었다. 하루 끼니가 걱정이었던 시절, 굶는 것을 식은 죽 먹듯 할 수 밖에 없었던 그때 그 시절, 그의 몰골과 행색에서 찌든 가난을 금방 알 수 있었다.

동무들보다 두 살 위였지만 유난히 작달만한 체구에 바지춤을 바짝 졸라맨 까까머리, 때 절인 작은 얼굴 여기저기엔 버짐 얼룩이, 때 절인 까만 손등이 허옇게 갈라터지고 피골

이 상접한 깡마른 몰골은 가랑잎처럼 바람만 불어도 금방 날아갈 것만 같은 천생 허약체질, 영양결핍의 소년이었지만 퀭한 눈가만큼은 유난히 별처럼 반짝거리던 까만 동공을 가진 아이였다.

철도 없는 낡고 헤진 허름한 옷을 걸치고 검정 고무신에 양말도 신지 못한 행색이었지만 작은 체구만큼이나 몸짓은 잽쌌다. 학교 언덕을 내달릴 때는 낡은 고무신이 보이지 않을 만큼 빠른 것이 신기했다. 어느 날 TV 후원 모금 방송에서 보았던 뼈만 앙상한 아프리카 어느 앳된 소년처럼 순진 무구한 아이 모습에서 옛날 그를 연상할 수 있었다.

학창시절 내내 책가방을 맨 것을 본 적이 없다. 어른 손등만한 작은 등짝엔 낡은 보자기가 돌돌 말려 매어져 있었다. 책 한 두 권, 누렇고 얇은 공책과 몽당연필을 책가방 대신 늘 보자기속에 들어 있었다.

그의 도시락을 본 사람도 없다. 끼니 거르는 것이 다반사였을 뿐만 아니라 도시락을 싸올 형편이 되지 못할 만큼 찢어지게 가난한 삶이었기 때문이었다. 학교에서 집으로 돌아가면 늘 집안일을 거들어야 했고, 비릿한 포구의 판장을 기웃거리며 허기를 달래야 했다. 지지리도 가난한 집안 형편 때문에 배고픈 초등학교 학창시절은 그에겐 더 없이 가슴시린 날들이었을 것이다. 아마도 그런 날을 되돌아보기조차 싫었을지도 모른다.

그는 일찍이 진학을 포기했다. 식구들의 허기를 짊어진 장남 아닌 장남, 입학금도 문제였지만 당장 입에 풀칠하는 것이 더 급했다. 동무들이 중학교 진학에 들떠 있을 때 빵이 그에게 더 절실했다. 곧바로 생업 현장에 뛰어들어야 했다. 어린 소년에겐 시퍼런 바다는 무섭기보다 허기를 달랠 수 있는 유일한 보물창고였다. 무엇보다도 배고픔을 채워 주는 일, 식구들의 빵을 해결하는 것이 그에겐 무엇보다도 더 중요했기 때문이었다. 간혹 동무들이 부러웠지만 닥치는 대로 일을 하는 것으로 마음을 대신 달래야 했다.

소년은 천직처럼 바다 일로 평생을 살아야 했다. 형과 동생을 포함한 온 식구들의 생계는 온전히 그의 몫이었다. 어린 고사리손은 모진 풍파에 시달리며 어느새 거칠어졌고 손가락 마디마디는 험궂은 일에 모두 굽어져 펴지지도 않았다. 불혹의 나이가 되기도 전에 거칠고 굽어버린 손가락은 어느 날부터 영락없는 아버지의 손과 닮아가고 있었던 것이다.

다행히 가정을 꾸리고 예쁜 아들, 딸을 두었지만 갈수록 억척스런 그의 일 욕심은 밤낮을 가리지 않았다. 비바람, 눈보라도 막지 못했다. 마치 가난을 앙갚음 하듯 컴컴한 새벽부터 밤늦게까지 일과 싸웠다.

때론 작은 어선에서 떨어져 그 깊고 차가운 물속 죽음의 문턱에서 구사일생으로 살아 난 적도 한두 번이 아니었다. 그토록 무섭도록 치열했던 것은 아마도 자식에게 또 다시 어린 시절 가난을 대물림할 수 없다는 자신과의 약속이었는지도 모른다.

억척스럽게 살아오는 동안 남의 배를 타는 선원에서 자신의 어선을 직접 운영하는 선주에 이르렀고, 찬바람을 가리지 못한 형편없는 오두막 대신 번듯한 보금자리도 새로 장만할 수 있었다. 딸린 식구들도 남들처럼 상급학교를 진학하고 학교를 마칠 수 있도록 학비도 마련할 수 있었고 대처로 보낸 자식들의 혼사도 준비할 수 있었다. 한마디로 성공한 것이었다. 하지만 일을 멈추지 않았다. 중독처럼 그는 바다에서 여전히 일을 놓지 못했다.

한평생 바다가 그에게 빵도 주고 작은 행복도 안겨주었지만 그러는 사이에 청초한 얼굴엔 깊은 주름이 파여 갔고 초롱거리던 눈빛도 어느새 점점 흙빛이 되어가고 있었다. 귀도 잘 들리지 않아 보청기를 사용해야 할 정도로 몸이 상해 갔다.

그의 혹독한 노동의 유일한 위로는 독한 술과 담배가 전부였다. 건강에 이상 신호가 점점 그림자처럼 다가오자 양처럼 온순한 성격이 때론 몸을 가누지 못할 만큼 거칠게 변할 때도 있었다. 그건 삶의 마지막 몸부림이었다.

고단한 삶과 힘겨운 일상으로 인해 점차 병들어가는 것을 몰랐지만 어느 날부터 자신에게 다가오는 생의 끝을 어렴풋이 느꼈다. 어린 시절 허약했던 체질이 어느새 바닥이 나고 있다는 것을 직감했는지도 모른다. 날이 갈수록 병원을 드나드는 횟수도 늘어났다. 결국 바다에서 손을 놓기에 이르렀다. 바람 빠진 풍선이 되고 만 것이다.

그를 지켜보던 동무들은 건강을 위해 술도 끊고 담배도 줄이라고 권했지만 그의 유일한 낙이며 친구가 되어버린 술

담배를 쉽게 떨쳐내지 못했다. 이미 세상의 끝이 보이기 시작한 것을 눈치채고 있었던 것은 아닐까. 어쩌다 아주 가끔씩 전화로 느껴지는 허허로운 웃음은 진한 아픔으로 전해왔고 그가 떠난 지금까지 긴 여운으로 남는다.

가난하고 초라한 실향민의 아들은 그런 엄혹한 세상을 살다가 떠났다. 무연히 보내기엔 너무 가슴 아픈 삶이다. 이 시대 아버지의 슬픈 자화상이 아닐까 싶다.

철필의 추억

불현듯 철필이 생각났다. 매서운 날씨가 바늘처럼 살갗을 파고들었기 때문일까. 철필을 일본식 표현으로 가리방 펜이라고 했다. 가리방은 원지를 긁는 철판을 말한다. 철판 면의 미세한 돌기로 인해 철필로 원지를 긁을 때 '가리가리 がりが り' 소리가 나므로 가리방이란 이름이 붙여졌다는 설도 있다. 그 가리방에 사용하던 도구를 철필이라고 했는데 예리한 송곳처럼 그 끝이 날카롭다.

예전 같은 서류를 다량으로 만들어야 할 경우, 조판인쇄를 하지 않으면 모두 가리방과 철필을 이용해 원지를 긁었고, 작성된 원지를 망사로 만든 등사판에 붙여 놓고 유성잉크 롤러를 이용해 등사를 했었다. 신기하게도 집게에 물린 누런 갱지엔 까만 잉크의 글자가 선명하게 찍혀 나왔다. 대부분의 회의 서류나 유인물은 누런 갱지와 등사기 인쇄물이었다.

인류 문명은 의사소통 방식에 따라 많은 변화를 거듭하여 왔다. 짐작컨대 몸짓과 음성으로 시작한 의사소통은 말과 문자의 발달로 의사소통은 엄청난 변화를 가져왔고, 더욱이 인쇄술과 통신의 발달은 의사소통의 결정판이 되었다.

오랜 옛날부터 인쇄물은 금속과 목판을 새겨서 일일이 찍어내는 방식으로 이루어졌고, 소량의 인쇄물은 필사본으로 대신했을 것으로 추정된다. 역사 사료와 기록물이 그러하고 오래된 경전이 대부분 그러했을 것이다.

근세에 들어서자 서양을 통해 들어온 철판과 철필을 사용해 초를 먹인 원지에 새기고 등사기에 유성잉크를 찍어서 인쇄물을 만들었다. 또 인쇄술은 직지심경과 같은 금속활자본 인쇄방식으로 시작해서 조판인쇄를 거쳐 지금의 프린터, 복사기, 복합기를 사용하는 방식으로 비약적인 변천을 거듭하였다. 한편, 초를 먹인 원지에 철필과 철판을 이용하던 수작업 방식은 타자 원지를 사용하는 방법으로 계속 발전하였으나 1990년대 첨단 인쇄기술의 발달로 등사기는 주변에서 그 자취를 감춰버렸고 지금은 박물관의 유물이 되었다.

내게도 철판과 철필, 등사기와 잉크가 찌든 롤러, 누런 갱지 등 기름 냄새 같은 어린 시절의 추억이 있다.

학창 시절, 선생님은 가끔씩 기름 냄새 밴 인쇄물을 나눠 주시곤 했다. 하얀 성적통지표와 16절 누런 갱지의 방학 과제물이 그랬고, 가정 통신문 등 유인물도 대부분 등사기의 유성 기름 냄새가 풀풀 나는 인쇄물을 나눠 주시곤 했었다.

초등학교 6학년 때 담임선생님의 손끝에서 만들어진 졸업 문집도 철필 작품이다. 졸업생들에게 작품을 의무적으로 받아서 손수 원지에 옮긴 다음 학교 아저씨가 등사한 인쇄물로 졸업 기념문집을 만들었던 것이다. 등사기 유인물에 대한 기분 좋은 향수로 남아 있다.

개인적으로 고교 2학년부터 가리방과 철필을 접했다. 물리담당 선생님의 특별한 지명으로 보충수업 교재를 사용할 문제지를 참고서에서 원지에 옮기는 것이 주어진 소임이었다. 처음엔 철필을 이용해 원지 옮겨 적는 일이 서툴렀고 필치도 좋은 편이 아니었지만 수십 회 반복하면서 조금은 익숙해지고 필치도 조금씩 나아졌다. 학창시절 내내 원지 작업은 계속됐다.

그런 인연으로 2학년 때 급우와 함께 50여 편의 시를 모아 등사기를 이용해 2인 공동시집을 출간했다. 작품 원고를 직접 원지에 옮기고 등사기를 이용해 직접 만든 초라한 작품집이었지만 나의 첫 시집인 셈이었다.

3학년 때엔 졸업문집도 만들었다. 누가 시킨 것도 아닌 가운데 100여 편이 넘는 작품을 졸업생을 대상으로 수집하고 재학생의 옵서버 작품도 받았다. 등사 원지를 작성하는 과정에서 교장선생님에게 발각되어 교무실로 호출되고, 작품 검열 과정에서 일부 내용이 불량하다는 이유로 원고를 뺏기기도 하면서 우여곡절 끝에 1975년 졸업문집 '향로봉'이 완성되었고, 졸업을 앞둔 졸업생들에게 배포했다. 누가 시켜서도 쉽지 않은 일을 선생님의 도움 전혀 없이 직접 주관하고 급우들을 모아 원지 작성, 등사와 편철까지 손수 했던 일은 지금 생각해도 대단한 뚝심이었던 같다.

내겐 가리방과 철필, 등사기는 늘 낯설지 않았다. 고등학교를 마치자마자 지방공무원공개채용시험에 응시하였고 그해 공무원으로 임용되었다. 당시 첫 임용지에서도 여전히 가리방과 철필, 등사기가 주된 사무용품이었다. 잦은 회의

나 유인물을 만들어야 하는 경우에는 어김없이 원지와 철필이 필요했고 경우에 따라 음습한 등사실에서 직접 등사하는 일이 잦았다. 많은 시간이 원지를 작성하고 등사하는 일이 되었다. 훗날 얇은 초지 원지 대신 타자원지가 나온 이후에는 가리방과 철필이 서서히 먼지가 쌓여가는 대신 또닥거리는 타자기에서 원지가 만들어졌고 여전히 등사실을 들락거렸다.

대부분의 양식과 고정된 서식은 인쇄소에서 인쇄하지만 자주 사용하고 내용이 바뀌어야 하는 회의 서류는 계속 인쇄소를 이용할 수 없기 때문에 기름 냄새 나는 등사기를 계속 이용해야만 했다. 물론 등사기에 사용되는 종이 역시 형편없는 지질이었다. 속된 표현으로 똥종이라고 했다. 인쇄소에서는 금속활자로 일일이 조판을 만들었기 때문에 인건비와 기술료 등으로 비용이 적지 않았다. 업소의 인쇄물은 수작업 등사기 출력물보다 활자와 지질이 훨씬 고급스러웠지만 살림살이 여건상 자주 이용할 형편이 되지 못했다.

서류를 다량 제작해야 하는 관공서에서는 비용절감 차원에서 옵셋인쇄기를 구입했다. 자동인쇄기가 나타나면서 조판인쇄도 줄어들게 되었지만 기기작동과 사용이 불편하고 고장이 잦은 이유로 얼마 지나지 않아 인쇄기는 사무실 한 켠에서 천덕꾸러기가 됐다.

2000년 이후 컴퓨터 보급이 확산되면서 사양에 따른 프린터 보급도 늘어났다. 출처도 알 수 없는 컴퓨터 활자와 다양한 프린터의 보급은 사무환경과 인쇄문명의 일대 변혁을 가져왔다.

  인쇄기술과 컴퓨터의 발달로 결국 철필과 가리방이 자취를 감췄고 손수 원지에 그리던 정감어린 필치가 사라진 자리엔 컴퓨터 프린터 출력물이 대신하고 있지만 무겁고 투박한 가리방과 예리한 철필로 깨알같이 써내려간 얄팍한 원지, 누런 갱지와 기름 냄새 절인 등사기가 때론 고향 흙냄새처럼 그리울 때가 있다.

문학청춘작가회 회칙

제1장 총칙
제1조(명칭) 본 회는 '문학청춘작가회'라 칭한다.

제2조(목적) 본 회는 '문학청춘'으로 등단한 문인들의 문학적 소양을 증
진시키기 위한 상호 교류의 터전을 마련하고 궁극적으로 회원들
의 모지인 '문학청춘'의 발전에 기여함을 그 목적으로 한다.

제2장 회원
제3조(회원의 자격) '문학청춘'을 통해 등단한 문인들을 원칙으로 한다.

제4조(권리) 회원은 총회를 통하여 본 회의 운영에 참여할 권리를 가진
다.

제5조(의무) 회원은 본 회에서 정한 사업에 참여하며, 회칙 및 의결사
항을 이행하고 회비를 납부하는 의무를 지닌다.

제6조(자격상실) 회원으로서 품위를 손상시키는 행위를 하거나 회비를
2년 이상 미납한 경우 이사회의 의결을 거쳐 회원자격을 심의한
다.

제3장 기구
제7조(총회)

1. 총회는 본 회의 최고의결 기구로서, 회원으로 구성한다.

2. 정기총회는 연1회 회장이 소집하여 개최하는 것을 원칙으로 한다.

3. 임시총회는 이사회 또는 재적회원 1/3 이상의 소집요구에 의하여
개최할 수 있다.

4. 총회는 사업계획, 임원선출, 예산편성 및 결산, 회칙개정, 기타 중
   요사항을 심의 의결한다.
5. 총회는 재적회원 과반수의 출석으로 개최하고 출석 회원 과반수
   의 찬성으로 의결한다. 단, 회원은 위임장을 통해 의결권을 다른
   회원에게 위임할 수 있다.

제8조(이사회)

1. 이사회는 회장, 부회장, 이사로 구성한다.
2. 이사는 총무이사와 지역이사로 구성한다.
3. 이사회는 회장이 필요하다고 인정할 때나 임원 과반수의 요구가
   있을 때 소집한다.
4. 이사회는 총회 의결사항의 집행, 총회에 부의할 안건의 예비심사,
   업무집행 및 사업계획 운영, 기타 중요사항을 의결한다.
5. 이사회는 이사의 1/2 이상 출석으로 개최하고 출석인원 과반수의
   찬성으로 의결한다. 단, 이사는 위임장을 통해 의결권을 다른 이
   사에게 위임할 수 있다.

제4장 임원

제9조(구성) 본회는 회장, 부회장 3인, 총무이사, 감사, 지역이사 3인을
   둔다.

제10조(회장)

1. 회장은 정기총회에서 선출하고 그 임기는 2년으로 하고 연임할 수
   있다.
2. 회장은 본 회를 대표하며 본 회의 업무를 총괄한다.

제11조(부회장)

1. 부회장은 이사회에서 추대하고 그 임기는 2년으로 하고 연임할 수
   있다.

2. 부회장은 회장을 보좌하되, 회장 궐위 시에는 연장자가 업무를 대행한다.

제12조(감사) 정기총회에서 선출한다.

제13조(이사)

1. 이사는 회장이나 이사회의 추천으로 총회의 인준을 받아 임명하고 그 임기는 2년으로 하고 연임할 수 있다.

2. 이사는 이사회를 통하여 본 회의 업무에 관한 사항을 심의하며 회장으로부터 위임된 사항을 처리한다.

제14조(고문) 임원 외에 약간의 고문을 둘 수 있다.

1. '문학청춘' 발행인 또는 주간을 상임고문으로 둔다.

2. 고문은 발행인 추천으로 이사회에서 추대하고 임기는 별도로 정하지 않으며 회장과 이사회의 자문에 적극 협조한다.

제5장 재정

제15조(내역) 본 회의 재정은 회비, 찬조금, 기금, 기타 사업 수익으로 한다.

제16조(회비) 본회의 회비는 연회비로 납부한다.

1. 회원의 회비는 연회비로 20만원을 납부한다.

2. 임원의 회비는 연회비 30만원으로 한다.

제6장 사업

제17조(동인지 발간) 본 회원들의 작품(시와 산문)을 엮어서 매년 1회 동인지로 발간한다.

제18조(문학기행) 연1회 회원들이 거주하는 지역을 중심으로 문학기행을 한다.

제19조 동인지 발간 및 문학기행은 참가회원 중심으로 실시한다.

부칙

1. 본 회칙에 규정되지 않은 사항은 관례에 따른다.

2. 본 회칙의 개정은 이사회 혹은 재적회원 1/3 이상의 요구에 따라 발의할 수 있으며, 총회에서 출석회원 2/3 이상의 찬성으로 의결한다.

3. 본 회칙은 본 회의 제1차 정기총회의 의결을 거친 날로부터 효력을 발생한다.

4. 2017년 7월 8일 정기총회에서 논의된 내용은 차기 집행부가 권한을 위임받아 이사회를 거쳐 개정 공지한다.

문학청춘작가회 발자취

2015. 6. 16. 계간 『문학청춘』 사무실에서 유담 시인과 김영탁 주간이
　　　　 '문학청춘작가회' 창립 발의

2015. 7. 14. '문학청춘작가회' 창립준비위원 5인(유담 · 이태란 · 홍지
　　　　 헌 · 류인채 · 김영탁) 1차 창립 준비모임. 고문(이수익 · 김
　　　　 기택 · 김영탁) 위촉.

2015. 7. 28. 2차 준비모임(김선아 시인 동참)

2015. 8. 18 3차 준비모임(창립취지문 및 창립총회 최종 점검)

2015. 9. 5. 문학청춘작가회 창립 총회
　　　　 초대회장 : 유담 시인.
　　　　 부회장 : 이태련 수필가 · 홍지헌 · 김선아 · 류인채 시인
　　　　 홍지헌 시인 시집 『나는 없네』 발행

2016. 7. 3. 제2회 정기총회
　　　　 양민주 시인 시집 『아버지의 늪』 발행
　　　　 백선오 시인 시집 『월요일 오전』 발행
　　　　 류인채 시인 시집 『거북이의 처세술』 발행

2017. 7. 8. 제3회 정기총회
　　　　 제2대 회장 : 민창홍 시인
　　　　 부회장 : 김요아킴 · 손영숙 시인
　　　　 지역이사 : 이선국 수필가, 양민주 시인
　　　　 동인지 편집장 : 류인채 시인

2017. 11. 4. 임시총회

　　　정기총회 날짜를 계간 『문학청춘』 창간 기념 행사에 맞추기
　　　로 함.

　　　김요아킴 시인 시집 『그녀의 시모노세끼항』 발행

　　　손영숙 시인 시집 『지붕 없는 아이들』 발행

　　　김선아 시인 시집 『얼룩이라는 무늬』 발행

2018. 1. 20. 문학기행 - 경남 창원 일원 8명 참가(경남문학관, 마산 시
　　　의거리, 문신미술관)

　　　김미옥 시인 시집 『어느 슈퍼 우먼의 즐거운 감옥』 발행

　　　민창홍 시인 시집 『캥거루 백을 멘 남자』 발행

　　　이나혜 시인 시집 『눈물은 다리가 백 개』 발행

문학청춘작가회 주소록

성명	장르	이메일	주소
김요아킴	시	kjhchds@hanmail.net	(47176) 부산시 부산진구 백양관문로40 당감동 경원고등학교 국어과
김선아	시	treeksa@daum.net	(08089) 서울 양천구 목동서로 340 목동신시가지아파트 902동 1106호
홍지헌	시	jihunhong@hanmail.net	(08089) 서울 양천구 목동서로 340 목동신시가지아파트 924동 703호 (07620) 서울 강서구 방화동로 37 메디스타워 5층 501호 연세이비인후과의원
이성우	수필	lsw19719@naver.com	서울시 동작구 노량진 310-53. 베이지하우스 401호
민창홍	시	changhongmin@hanmail.net	(51253) 창원시 마산합포구 자산북3길 10 (1206호 한백4차아파트)
엄영란	시	yran0624@hanmail.net	(36963) 경북 문경시 흥덕로 17 대화 2차 라동 204호
이선국	수필	skl2425@naver.com	(24726) 강원도 고성군 간성읍 건봉사로 391-38
유담	시	hjoonyoo@gmail.com	(02828) 서울 성북구 북악산로 844 브라운스톤아파트 115동 1803호
정은영	시	elleyjung@gmail.com	(63616) 제주특별자치도 서귀포시 남원읍 신흥앞동산로 35번길 6-7
고혜량	수필	vinsent1738@naver.com	(656-132) 거제시 옥포2동 한양아파트 1동 402호
김시영	수필	kimsiyoung9169@hanmail.net	(27690) 충북 음성군 음성읍 용광로 42 라이브까페 아날로그
김미옥	시	ioi108408@daum.net	(27332) 충북 충주시 목행산단 4로 13 (한라비발디아파트 108동 804호)
류인채	시	2080moon@hanmail.net	(21553) 인천광역시 남동구 문화로 161, 103동 1001호(구월동, 대우재LH아파트)
이강휘	시	hwiyada@naver.com	(51324) 창원시 마산회원구 회원동 33길 17 마산무학여고
손영숙	시	sys267@hanmail.net	(42605) 대구시 달서구 선원로 137(이곡동 푸른마을아파트 106동 501호)
이태련	수필	ttyy9988@hanmail.net	(05752) 서울시 송파구 마천2동 80-5호 2층
양민주	시	cbe@inje.ac.kr	(50952) 경남 김해시 우암로 76, 305동 207호(내동, 경원마을 현대아파트)

수진	시	soojin372@hanmail.net	(32019) 충남 서산시 부석면 도비산1길 135-11수도사
신진호	수필	sjinhui@naver.com	(51767) 창원시 마산 합포구 밤밭고개로 395 대아애드텔 206호
배주열	시	bagain2@hanmail.net	(37591) 경북 포항시 북구 양덕로 60 양덕풍림아이원 103동 1502호
백선오	시	bsj107@hanmail.net	(26504) 강원도 원주시 판부면 한여마을길 41
이나혜	시	ljs0516@hanmail.net	(21441) 인천광역시 부평구 이규보로 79 주공 뜨란채아파트 109동 204호
신민걸	시	nunsae-sin@hanmail.net	(25814) 강원도 속초시 미시령로 3439, 105동 903호
이일우	시	ridssyong@hanmail.net	(05667) 서울 송파구 백제고분로 42길 18-20 401호
곽애리	시	songbirdaelee@ gmail.com	333 South Drive Paramus Nj 07652
이로미	시	romyne@naver.com	인천광역시 중구 신도시북로 44, 풍림아이원 아파트 612동 402호
박우경	수필	usb1122@gmail.com	(07236) 서울시 영등포구 의사당대로 38, 101동 212호 (여의도동 여의도 더샵아일랜드파크) (03186) 서울시 종로구 새문안로 92, 2118호 (신문로1가,광화문오피시아)
오인순	수필	ohsoon9651@hanmail.net	(63313) 제주시노루손이북길 10-11 (봉개동)
박언휘	시	odoctor77@naver.com	(42038) 대구시 수성구 화랑로 50 자상빌딩 4층 박언휘종합내과
심은지	시	bshapp@naver.com	(05614) 서울 송파구 삼학사로 14길 26 (석촌동) 4층
이수익	고문	2000ik@hanmail.net	(03690) 서울시 서대문구 거북골로 154, 삼호아파트 102동 1206호
김기택	고문	samoowon@hanmail.net	(02720) 서울시 성북구 길음로 33, 길음 뉴타운 806동 702호
김영탁	고문	mhcc21@hanmail.net	『문학청춘』 발행인 겸 주간